PETITS POËMES RELIGIEUX

PORTRAIT

DE LA

SOEUR DE CHARITÉ

DÉDIÉ

A MESDAMES DU FAUBOURG SAINT-GERMAIN

PAR

AUGUSTE GALIMARD

Prix : 50 centimes

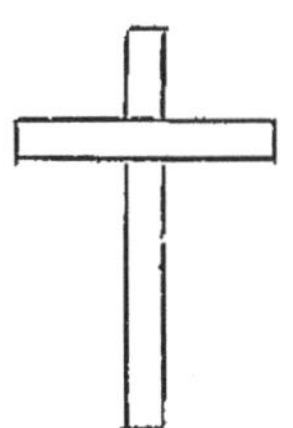

PARIS
CH. DOUNIOL, LIBRAIRE-ÉDITEUR
RUE DE TOURNON, 29

1861

PORTRAIT

DE

LA SŒUR DE CHARITÉ

†

PETITS POËMES RELIGIEUX

PORTRAIT

DE LA

SŒUR DE CHARITÉ

DÉDIÉ

A MESDAMES DU FAUBOURG SAINT-GERMAIN

PAR

AUGUSTE GALIMARD

Consolatrix afflictorum ;
Salus infirmorum ;
Ora pro nobis.

PARIS

CH. DOUNIOL, LIBRAIRE-ÉDITEUR

RUE DE TOURNON, 29

1861

A MESDAMES

DU

FAUBOURG SAINT-GERMAIN

A propos de cette esquisse poétique que je soumettais, l'autre jour, à un de nos vénérables évêques, l'illustre prélat me dit :

« ..... Croyez-moi, mon cher artiste, mettez « vos nouveaux *poëmes religieux* sous le haut « patronage des nobles dames du noble fau- « bourg, surtout celui qui concerne l'humble « fille de Saint-Vincent-de-Paul. Le titre même « de votre ouvrage ne semble-t-il pas vous pres- « crire de rechercher la précieuse approbation

« de personnes qui, des antiques prérogatives « attachées à leur rang, n'ont voulu conserver « que le doux privilége de demeurer à jamais « le modèle des vertus chrétiennes, en même « temps qu'elles sont le plus bel ornement de « la société française? Oui, parmi nos char- « mantes comtesses ou baronnes, duchesses et « marquises, c'est vainement que l'on cherche- « rait une seule d'entre elles qui ne fût pas « quelque peu *Sœur de Charité !*

« Cela est si vrai, ajouta Monseigneur, que « si l'on voit ces dames tenir assez résolûment « au blason de leurs ancêtres, c'est uniquement « parce qu'il y est écrit en caractères ineffa- « çables de pieuses devises, de saintes légendes, « infaillibles à secourir l'humanité souffrante; « en un mot, c'est pour ce qu'un aussi noble « héritage peut renfermer de charitables tra- « ditions ! »

J'obéis donc au conseil de mon vénérable ami, et dédie humblement ce petit poëme religieux aux grandes dames dont le cœur a tant d'analogie avec le cœur de ces anges de dévouement que Dieu créa :

« Pour aimer le prochain de l'amour d'une mère,
« Sous le doux nom de Sœur. »

Dans cet hommage, je trouve l'occasion d'accomplir un devoir de vive gratitude envers de nobles dames qui m'ont grandement honoré, en me choisissant souvent pour leur maître de peinture, ainsi qu'en m'accordant l'insigne faveur de reproduire leur céleste ressemblance dans mes vitraux de l'église Sainte-Clotilde.

AUGUSTE GALIMARD.

PORTRAIT

DE

LA SŒUR DE CHARITÉ

Elle vit d'indigence et donne à pleines mains.

† † †

Humble fille envoyée au secours de la terre,
Ange de dévoûment créé par le Seigneur
Pour aimer le prochain de l'amour d'une mère,
Sous le doux nom de Sœur.

Ta première couronne et la palme immortelle
T'attendaient au berceau d'enfants abandonnés;

Le pieux saint Vincent t'établit pour modèle
Des cœurs prédestinés.

Les rayons de la grâce illuminent ton âme;
Les cieux chantent ta gloire. Un Dieu dans sa bonté
Fait naître en ton esprit la plus ardente flamme,
O Sœur de Charité!

† † †

Aimable et sainte femme, âme consolatrice,
Des célestes décrets fidèle exécutrice,
Providence accourue au lit de l'orphelin
Pour lui montrer le ciel et bénir son destin,
Et dire à l'indigent que Dieu seul est son père,
Comme la Charité veut lui servir de mère;
Que Dieu seul sait aimer puisqu'il sait secourir,
Que Dieu seul est celui que nous devons chérir.

Oui, ce fut dans le monde un saint jour d'allégresse,
Le jour où, d'un regard humide de tendresse,
L'Éternel mesura le malheur des humains;
Ému de tant de maux, il étendit ses mains...
Il bénissait son peuple!... Et par ce geste immense
Dieu marqua pour le pauvre une ère de clémence :
Dieu voulut que le pauvre eût un lit pour mourir,
Et que de ses douleurs la source pût tarir.
Oh! c'était un grand jour! Et des voix séraphiques
Entonnèrent, en chœur, des hymnes magnifiques;
L'univers tressaillit à ces divins accents,
Adora le Seigneur... On vit fumer l'encens!
Non, jamais sur la terre aussi beaux jours de fêtes
N'avaient glorifié de plus nobles conquêtes.
Jamais les chérubins, esprits aux ailes d'or,
A leurs élans d'amour n'avaient donné l'essor
Autant qu'à l'heure sainte où le Dieu de lumière
Offrit à la souffrance un baume salutaire;

Autant qu'au jour heureux où, puisant dans son cœur,
Le Dieu de charité nous envoya la Sœur!

Dans le siècle où parut l'ange du sacrifice,
La France affermissait le royal édifice ;
Sous un prince indolent, un fameux cardinal
Abaissait pour jamais le pouvoir féodal.
Plus roi que le monarque, implacable ministre,
Richelieu mit son nom sur l'immortel registre
Où Corneille et Turenne ont devancé Vauban...
Arrachant La Rochelle aux armes de Rohan,
Le prélat assura l'unité de la France,
Et Dieu seul put marquer un terme à sa puissance.
Richelieu prépara la splendeur du grand roi
Qui dans son noble orgueil a dit : « L'État c'est moi! »
Louis, digne héritier du sang de Henri-Quatre,
Toujours prêt à fonder, toujours prompt à combattre ;
Généreux protecteur des arts et des vertus,

Dès ses plus jeunes ans l'ennemi des abus;
Grand roi, dont le long règne a vu toutes les gloires,
Et qui lassa la Muse à chanter ses victoires.

C'est vers ces temps fameux que savants et guerriers
Brûlent de conquérir « un nom et des lauriers. »
C'est alors que les Sœurs, chrétiennes héroïnes,
Choisissent pour leur part la couronne d'épines,
Et laissent saintement la couronne de fleurs,
Pour veiller et prier au chevet des douleurs.
Ainsi les arts divins, les lettres, l'éloquence,
S'unissaient aux vertus, dans un siècle où la France
Atteignait ce degré d'imposante grandeur
Dont Louis fut le père et le législateur.

Saint Vincent, messager de la bonté divine,
Dans un touchant sermon que la grâce illumine.
Dépeint avec ardeur le sort des orphelins

Qui périssaient en foule au bord des grands chemins,
Ou restaient exposés, par les plus froides brises,
Sur les degrés de pierre, aux portes des églises.
Déjà Vincent de Paul avait pu réunir
De tendres innocents que Dieu voulait bénir :
Chers enfants repoussés du giron de leurs mères.
Ces fruits d'un fol amour, ou de sombres misères,
Destinés à périr... ils ont été sauvés!...
Et dès lors s'honorant du nom d'Enfants trouvés,
Ils formèrent bientôt une famille immense;
Et commença pour eux cette ère de clémence
Que le ciel accordait en créant l'humble Sœur
Pour leur servir de mère, être leur défenseur,
Les former aux vertus de notre sainte Église,
Et les faire aborder à la Terre promise.

La puissance des cieux, pour arrêter le mal,
A de la charité fait jaillir l'idéal,

Et, donnant à la Sœur la tendresse angélique,
Sut la douer aussi d'un courage héroïque.
Rien ne peut l'effrayer, rien ne la fait pâlir,
Et, mère par la grâce, on la voit accomplir
Les devoirs les plus saints, épreuves les plus belles :
D'aimer les orphelins d'entrailles maternelles,
D'éclairer leur esprit, de préserver leur cœur,
En leur montrant le ciel pour but de leur ardeur.

† † †

O Dieu ! que ta puissance est incommensurable !
Réparant d'un sourire un mal irréparable,
Tu ranimes l'espoir dans le cœur des humains !
Des fruits de la misère en bénissant les traces,
Tu fais pleuvoir sur eux les grâces efficaces
De tes divines mains !

1...

Seigneur, il est bien vrai, tu détestes le vice;
Mais ta miséricorde, en guidant ta justice,
A voulu secourir de pauvres orphelins
Qui demandaient leur place au banquet de la vie,
Et tu changes pour eux l'éternelle infamie
En de joyeux destins!

† † †

Deux siècles sont passés; la douce et sainte fille
Sert de modèle encore aux mères de famille.
Devinant les devoirs de la maternité,
Ses yeux se sont ouverts au jour de charité;
Et tous les tendres soins que réclame l'enfance
Pour aider à la vie ou calmer la souffrance,
Elle a tout deviné, son cœur est son conseil :
Elle assiste aux repas et règle le sommeil;
Elle rit avec eux, et dompte la colère

En grossissant sa voix... mais la voix d'une mère!...
Elle est si malheureuse, alors qu'il faut punir,
Qu'on voit ses chers enfants la craindre et la bénir.
Mais cette sainte ardeur qui l'anime et l'enflamme
N'est pas le seul rayon que Dieu mit en son âme.
Le ciel, en la guidant vers les sentiers divins,
Pour un unique amour n'a point fait ses destins.
La Sœur est *toute à tous;* cette âme charitable
Trouve en son dévoûment le bonheur véritable.
De la fille du pauvre elle est le précepteur
Et sait la garantir des faiblesses du cœur;
Cette douce colombe enseigne la sagesse;
Et tout en prescrivant de craindre la richesse,
La Sœur sait honorer le riche et le puissant,
Ce ministre de Dieu... s'il est compatissant!
Puis encor l'humble fille aux salles des hospices
Accomplit, sous nos yeux, de plus grands sacrifices:
Là, les soins d'une mère, et l'amour le meilleur,

Sont d'un faible secours au lit de la douleur;
Il faut mieux, il faut plus : ces crises solennelles
Où la vie et la mort, l'une et l'autre cruelles,
Se disputent l'esprit et le corps du mourant;
Ces luttes, dont la force est celle d'un torrent,
Ne peuvent se calmer sans des efforts suprêmes...
Heures où la prière, où les affreux blasphèmes,
Pour sauver ou pour perdre... Alors on voit la Sœur
A genoux... au chevet du malheureux pécheur!
Après l'avoir soigné, la sainte le console;
Des célestes vertus c'est le vivant symbole;
Et ramenant la paix dans un cœur ulcéré,
A recevoir son Dieu la Sœur l'a préparé :
Et le pauvre, en quittant l'épreuve de la vie,
Au plus heureux du jour ne peut porter envie.
En posant son fardeau, l'indigent songe au ciel.
Et la Sœur le conduit au bonheur éternel!
Oui! de la faible Sœur la force irrésistible

Est un secret scellé par un ange invisible ;
La puissance divine est là dans sa splendeur :
Qui voit ce dévoûment de Dieu voit la grandeur,
Qui voit la Sœur agir voit de touchants spectacles,
Qui voit la Sœur aimer assiste à des miracles!...
Miracles de tendresse autrefois ignorés,
Et par un Dieu d'amour à nos maux mesurés.
Ainsi, toujours fidèle au lit de la souffrance,
Mêlant à ses sermons l'aimable tolérance,
La Sœur sait consoler du meilleur de son cœur,
Et nous montre Jésus comme un Dieu rédempteur.
Elle a pour tous les maux la plus tendre prière :
Dès qu'on est malheureux, l'on est toujours son frère;
Dès qu'on souffre ou qu'on meurt, la Sœur de Charité
Ne fait qu'un vœu pour tous : Heureuse éternité!

Telle on voit aujourd'hui la charitable fille
Prodiguer tous ses soins à l'humaine famille :

Plus on est accablé, plus l'humble et sainte Sœur
Vous donne, sans mesure, et sa vie et son cœur.
Elle se multiplie, ange de sacrifice,
Recherchant jusqu'au bagne un repoussant office ;
Souriante, elle accourt aux plus rudes travaux,
Et par son dévoûment sait adoucir les maux
Du forçat endurci qui, depuis sa naissance,
De si hautes vertus n'eut jamais connaissance.
Pour lui faire aimer Dieu, pour mieux le convertir,
La Sœur sait un secret : le plaindre et le servir.

Malgré le cours des ans, sa mission divine
Garde la dignité d'une sainte origine;
Et ses pieux devoirs plus nombreux, plus pressants,
Savent guérir des maux sans cesse renaissants!
En poignantes douleurs notre époque est fertile :
Le désir de jouir est aux champs, à la ville;
Aux maux déjà connus se joint la soif de l'or,

Et dans l'humble prière on demande... un trésor!...
Mais Dieu, pour nous prouver son amour ineffable,
Accorde à ses enfants le trésor véritable,
Et pour sauver notre âme et garder notre cœur
Un ange est avec nous sous les traits d'une Sœur.

† † †

Essayons d'épuiser la liste inépuisable
Où sont inscrits en lettres d'or
Les nobles dévoûments de la Sœur charitable :
Muse, il nous faut louer encor!

Tes célestes accents, tes saintes harmonies,
O Muse! sont l'écho des vertus de la Sœur;
Dis-nous ces douces litanies...
Anges, chantez, chantez en chœur!

O Muse! inspire-moi pour dire des merveilles
Qui charment la terre et les cieux;
Soyons, pour t'écouter, tout esprit, tout oreilles;
Peuples du monde, ouvrez les yeux!

† † †

Mais pour oser chanter des actions si grandes,
Et pour dire en nos vers d'héroïques légendes
Retraçant les vertus des Sœurs de Charité;
Pour chanter dignement ces vertus immortelles,
Plus modestes que solennelles,
Rayons du pur amour de la divinité;
Pour peindre l'humble Sœur dans sa brillante gloire,
Il faudrait posséder cette voix de l'histoire
Fière de sa noble équité!
Peut-être, soutenu par la Muse chrétienne,
Nous saurons aborder des récits glorieux...

Oh! sans demander rien à la lyre païenne,
Laissons dans le néant sommeiller ses faux dieux!...
Irons-nous couronner la mystique colombe
D'un diadème d'or ou de profanes fleurs?
Elle qui veut passer de la vie à la tombe
En essuyant des pleurs!
Devons-nous la changer en nouvelle Pandore,
Afin de l'embellir des dons les plus charmants?
Non : elle est mieux parée encore
De ses généreux dévoûments.

Oh! quand Dieu veut punir des races criminelles,
Ou qu'il pense éprouver ses nations fidèles;
Qu'il doive frapper ou bénir,
On voit tous les fléaux : la famine et la guerre;
L'enfer est déchaîné pour ravager la terre;
On voit tous les malheurs prêts à nous envahir,
Et le froid égoïsme est là pour nous saisir!

Dieu détourne sa face!... Et tous, tant que nous sommes,
Nous souffrons des maux inconnus :
On ne peut distinguer, chez les enfants des hommes,
Les sombres réprouvés des bienheureux élus!...
Dieu permet, un moment, que les esprits rebelles,
Épargnés pour un jour par son bras tout-puissant,
De leur bouche enflammée allument des querelles,
Et s'abreuvent encor de larmes et de sang!
Mais le cœur du Très-Haut, d'un mouvement sublime,
Bientôt les a fait fuir jusqu'au fond de l'abîme.
Sans daigner commander à ces esprits impurs,
Dieu les a relégués dans leurs antres obscurs :
L'archange saint Michel, avec sa lance sainte,
De l'infernal séjour a refermé l'enceinte :
L'ange accomplit un ordre... Et, de retour au ciel,
L'ange a repris sa place aux pieds de l'Éternel.

Cependant des démons les haleines fétides

Ont déjà tout empoisonné ;
Ils ont soufflé dans l'air des venins homicides :
L'heure de la mort a sonné !
Le choléra, la peste et leur affreux cortége,
Traînent l'homme au cercueil d'une livide main ;
La beauté perd alors son plus doux privilége,
Et l'amour est sans lendemain !...
Mais brille dans les cieux un rayon d'espérance :
De saintes légions de Sœurs
Ont quitté les ports de la France,
Voguant vers des climats aux funestes ardeurs...
Elles vont, s'embarquant, timides passagères,
Aborder avec joie aux terres étrangères,
Disputer au fléau les restes décharnés
De malheureux humains, du monde abandonnés !...

De nos jours on a vu, jours d'auguste mémoire,
On a vu l'humble Sœur aider à la victoire ;

Et, docile à la voix de l'ange des combats,
Étancher de ses mains le sang de nos soldats!...
Pour sauver ces héros, pour leur rendre la vie,
La sainte a murmuré le doux nom de patrie;
Par un ordre du ciel, les soins des tendres Sœurs
Du fier Sébastopol conservent les vainqueurs :
Grâce à ces dévoûments, la gloire de Crimée
A coûté moins de pleurs à notre belle armée.
La France avec orgueil a revu ses enfants
Tout couverts de lauriers, heureux et triomphants!

Pourquoi chanter encor?... Les accents du poëte
De si nobles vertus sont un faible interprète,
Et de la chaste Sœur la grande humilité
Aime, d'un voile épais, couvrir sa charité :
La Sœur se sacrifie, et veut que l'on ignore
Qu'elle est du Dieu vivant la rayonnante aurore,
Que Dieu l'a préposée au bonheur des humains,

Qu'elle vit d'indigence et donne à pleines mains !
Mais cessons nos récits de peur de lui déplaire,
Et taisons ses vertus aux échos de la terre.
La Sœur sait pratiquer l'héroïsme du cœur,
Et va chercher la paix dans le sein du Seigneur.

† † †

O Sœur de Charité ! l'univers te contemple !...
Céleste sanctuaire habité par la Foi,
Aux doux anges du ciel tu peux servir d'exemple ;
Le pur amour de Dieu, c'est toi !

Pour aimer, tu subis mille métamorphoses :
Tour à tour fille ou mère, aujourd'hui tendre Sœur ;
Tu sèmes les bienfaits comme on sème les roses ;
L'Espérance anime ton cœur !

Pour mériter ta part de la vie éternelle,
Pour recevoir le prix de ton humilité,
Toi seule as su parler la langue universelle
De la divine Charité.

FIN.

NOTE HISTORIQUE.

..... Un grand nombre d'enfants nés du libertinage ou dans le sein de la misère étaient souvent exposés aux portes des églises ou dans les places publiques. Si les officiers de police les enlevaient, c'était presque l'unique bien qu'ils leur fissent. Une veuve et deux servantes furent d'abord chargées du soin de les nourrir, mais on manqua bientôt de secours. Il périssait tous les jours une multitude de ces malheureux enfants : ou ils n'avaient point de nourrices, ou on les faisait allaiter par des femmes gâtées. Quelquefois pour s'en débarrasser, on les vendait ou on les donnait à quiconque voulait les prendre. Vincent de Paul, vivement touché de leur sort, chercha le moyen de remédier à un si grand mal. Il pria quelques dames de son assemblée de charité d'aller les visiter. Le spectacle qui s'offrit à leurs yeux les effraya. Comme elles ne pouvaient se charger de ce grand nombre d'enfants, elles voulurent au moins prendre soin de quelques-uns. On en augmenta le nombre à mesure que les ressources se multipliaient. Enfin, Vincent tint une assemblée de toutes les dames qui s'occupaient de la bonne œuvre au commencement de l'année 1640. Il y exposa d'une manière si touchante le besoin de ces pauvres enfants, qu'il fut unanimement décidé qu'on se chargerait de tous, mais seulement par manière d'essai. On n'avait d'autres fonds que les aumônes des personnes charitables, et il s'en fallait de beaucoup qu'elles fussent suffisantes. Le serviteur de Dieu ne se décourageait point, espérant toujours que la Providence viendrait à son secours. Ses sollicitations auprès d'Anne d'Autriche lui obtinrent du roi douze mille livres de rente, ce qui soutint l'établissement pendant quelque temps. Mais le nombre des enfants croissant tous les jours, et leur entretien allant au delà de quarante mille livres, les dames de charité perdirent courage et déclarèrent qu'une pareille dépense était au-dessus de leurs forces. Vincent, toujours plein de confiance en Dieu, indiqua une assemblée générale en 1648. On y délibéra si on continuerait la bonne œuvre qu'on avait commencée. Le saint, après avoir pesé les raisons de l'un et de l'autre parti, sentit tellement ses entrailles émues, qu'il ne s'exprimait presque plus que par des soupirs. Prenant ensuite un ton plus tendre et plus animé, il conclut la délibération en ces termes :

« Or sus, Mesdames, la compassion et la charité vous ont « fait adopter ces petites créatures pour vos enfants : vous « avez été leurs mères selon la grâce, depuis que leurs mères « selon la nature les ont abandonnés : voyez maintenant si « vous voulez aussi les abandonner. Cessez d'être leurs mères, « pour devenir à présent leurs juges ; leur vie et leur mort « sont entre vos mains ; je m'en vais prendre les voix et les « suffrages : il est temps de prononcer leur arrêt, et de sa- « voir si vous ne voudrez plus avoir de miséricorde pour eux. « Ils vivront, si vous continuez d'en prendre un charitable « soin ; et au contraire ils mourront et périront infailliblement « si vous les abandonnez : l'expérience ne vous permet pas « d'en douter. »

L'assemblée ne répondit que par des larmes. Il fut décidé qu'on continuerait la bonne œuvre, et il ne fut plus question que d'aviser au moyen d'exécuter cette résolution. On obtint du roi les bâtiments de Bicêtre pour y loger ceux des enfants qui n'avaient plus besoin de nourrices. Mais comme l'air y était trop vif, on les transporta dans le faubourg Saint-Lazare, à Paris, et on confia le soin de leur éducation à douze filles de la Charité.....

Ce fut de concert avec mademoiselle Legras que Vincent de Paul fonda la congrégation des *Filles de la Charité*, dites aussi *Sœurs Grises*. Leur modestie, leur douceur, leur zèle à remplir leurs devoirs, et la sainteté de leur vie charmèrent tous ceux qui eurent occasion de les voir. Leur nombre s'augmenta insensiblement et devint bientôt considérable. Tels furent les commencements de cette compagnie, connue sous le nom de *Sœurs de la Charité*.

Le dévouement des *Sœurs* est sans bornes : elles prennent soin de l'éducation des enfants trouvés, de l'instruction des jeunes filles, des malades d'un grand nombre d'hôpitaux, et même des criminels condamnés aux galères.

(Extrait de la *Vie de Saint Vincent de Paul*, par l'abbé Godescard.)

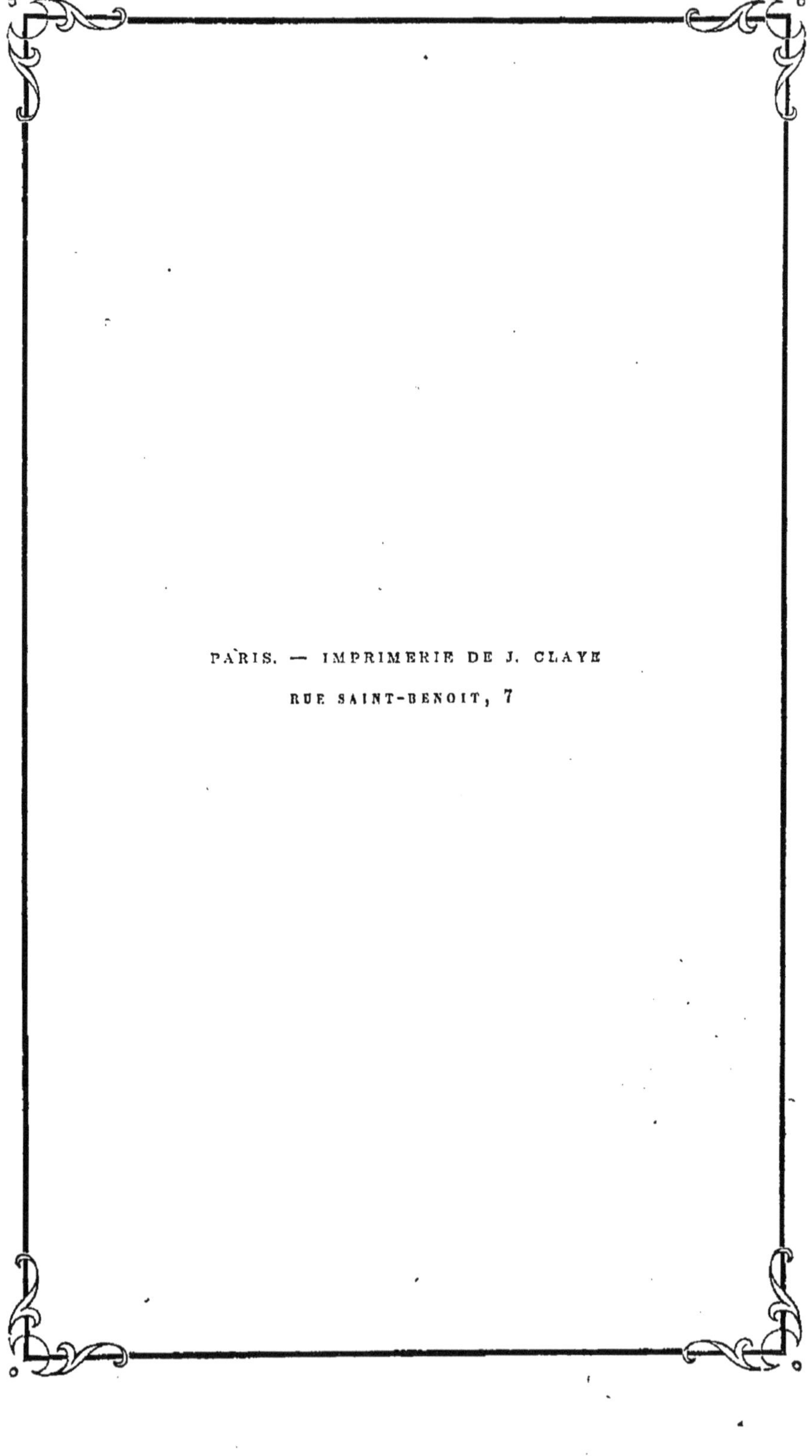

PARIS. — IMPRIMERIE DE J. CLAYE
RUE SAINT-BENOIT, 7

www.ingramcontent.com/pod-product-compliance
Ingram Content Group UK Ltd.
Pitfield, Milton Keynes, MK11 3LW, UK
UKHW020948220726
13924UKWH00002B/553

9 782019 259624